집이 좋은 사람

이다 치아키

이야소

일어날까?
조금만 더….
오늘은 뭘 할까,
아무것도 하기 싫은걸.
이것 그것 저것
할 일은 많지만.

일단
커튼을 열고
물을 끓이자.

슬슬 일어나볼까?
아니, 조금만 더!

1번째   사사 님 집

모처럼 일찍 일어난 날엔

오늘은
휴일인데···

일찍 일어나기
성공

살짝
전자레인지에
데워

만들어둔
감자샐러드

평소라면 다시
잠을 청하겠지만
오늘 아침은
다르다

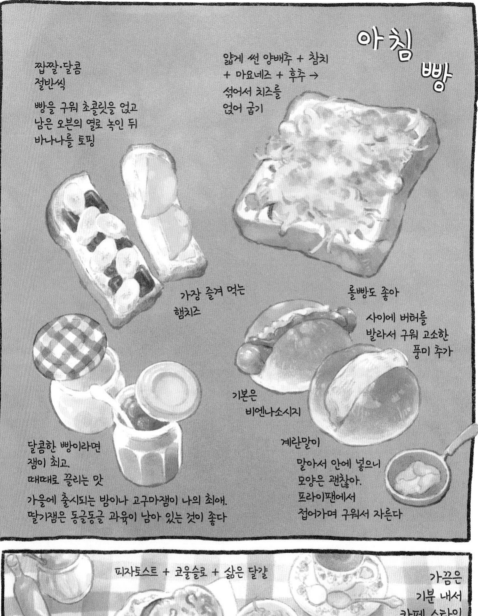

짭짤·달콤
절반씩

빵을 구워 초콜릿을 얹고
남은 오븐의 열로 녹인 뒤
바나나를 토핑

얇게 썬 양배추 + 참치
+ 마요네즈 + 후추 →
섞어서 치즈를
얹어 굽기

가장 즐겨 먹는
햄치즈

롤빵도 좋아

사이에 버터를
발라서 구워 고소한
풍미 추가

기본은
비엔나소시지

달콤한 빵이라면
잼이 최고.
때때로 끌리는 맛

가을에 출시되는 밤이나 고구마잼이 나의 최애.
딸기잼은 동글동글 과육이 남아 있는 것이 좋다

계란말이

말아서 안에 넣으니
모양은 괜찮아.
프라이팬에서
접어가며 구워서 자른다

피자토스트 + 코울슬로 + 삶은 달걀

가끔은
기분 내서
카페 스타일
모닝 메뉴로

만족감이
20% 상승

주방과

식탁

이 집에 이사 와서
장만한 머그잔

화려한 식기가 취향

레이블과 안쪽 의자는
접이식
게이트레그 레이블이라고도
불리는 듯

창밖으로 은행나무가 보인다

동향의 창문
오전이 가장 밝아서
아침 식사 시간이 행복

본가에서
가져온 주전자
보기보다 가볍다

이 집의 주인
사사 님.
먹는 것을 좋아하고
침대에 있을 때 제일 행복하답니다.
집에서는 편안하게 양 갈래로 땋은 머리.

침실과
차투리 공간

지금 가장 필요한 것은
사이드 테이블

침대와 창문
사이가 독서 공간.
좁아서 안정감이 있다. 단점은 좁다

벽지는 집주인의 취향

예전엔
공간이 분리되어 있었다

테이블 대신
침대에 쟁반

좁지만 아이스크림 + 따뜻한 차 +
과자와 함께 영화 감상

자주 사용하는
문구류, 메이크업 도구
등등

소파 방향은
기분 내키는 대로

이것저것
올려놓게 된다

큼직한
보디 필로
갖고 싶다

꿀잠을
위해

닮은
느낌

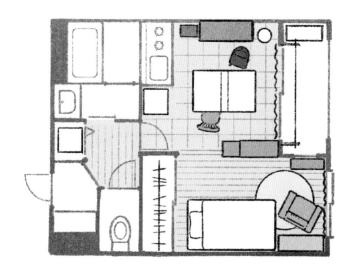

사사 님 집

2번째   가에 님 집

이번 주도 수고했어

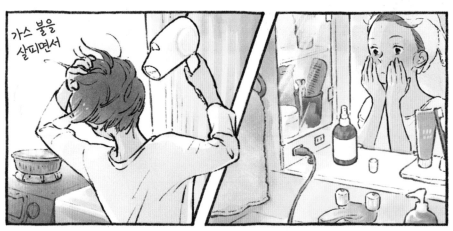

건배!

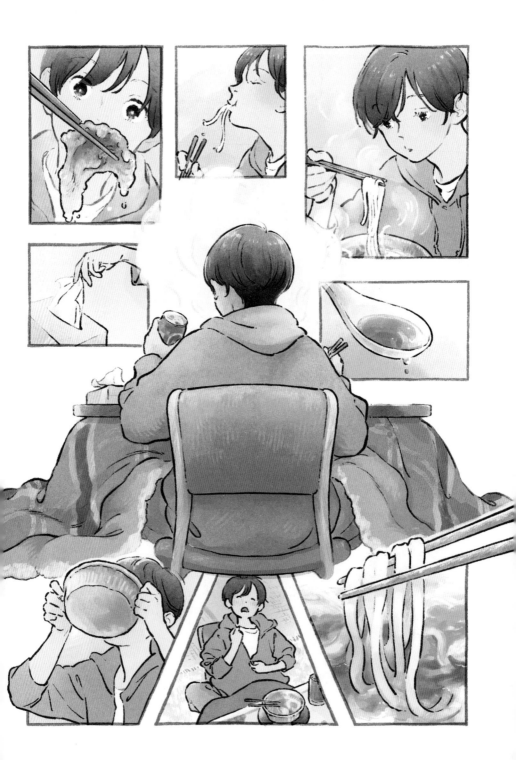

좋아하는 책이 드라마화되었다.
요즘 주말마다 행복.
최소 3회 재시청

MEITANTEI
to
NA
KA
WA
RUI
HANASHI
AIBOU e

대망의 드라마화!!

튀김을 함께
사온 날은
더욱 푸짐

은박 냄비
인스턴트

우
동

파를
듬뿍 넣어서

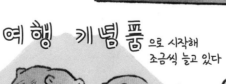

여 행 키 념 품 으로 시작해
조금씩 늘고 있다

목각 인형이나 작고 동그란 것들

겨울은 역시 전골 .
보글보글 끓여 먹는 푸짐한 일품요리.
후후 불어가며 먹는 집밥이 제일 좋아.

된장전골에
부추를 듬뿍.
마무리는 밥으로 할까…,
아니면 국수로 할까.

이불 속 뒹굴뒹굴

저문다

오늘이

볶음밥
맛있었지

점심

이불도 말리고

청소기 돌리고
세탁기
두 번 돌리고

출발은
좋았어

일찌감치 걷어서
커버를 씌워

베개도 시트도
산뜻

드라마 한 편 본 뒤
역 앞 헬스장에 갔다가
카페 들른 뒤
내일 먹을 빵 사와야지

잠깐 휴식을
위해 누웠다

아 ...

아 니 아 니!!

햇볕에 잘 말린 시트에
일단 들어가면
일어나기 힘들지

...
라고
생각했는데

벌써
어둑~
어둑...

청소 끝
침구도
뽀송뽀송

잘 잤다!
몸도
가벼워!

좋은 꿈을
꾼 것
같아!

일을 너무
많이 했어

오랜만에
배달 음식으로
할까

피
자
?

치
킨
?

스
시
?

맥주도
...

없네

헬스장은
내일 가자

물을 먹을까나 ♪

오늘은 아직
지금부터야

하 아ㅡ
쌀
쌀
해

할 수
없지

슈퍼에
가는
수밖에

잠 자 리 ＞ 수 납

처음에는 바닥에 이불을 깔았는데
올리고 내리는 것이 귀찮아졌다.
이렇게 하는 편이 왠지 잠이 더 잘 온다.
딱 맞는 사이즈의 매트리스를 찾느라 꽤 힘들었지만⋯.
봄여름에는 미닫이문을 떼서 선반 뒤에 보관

구석이 좋아

자주자주
먼지 제거

제습 시트
필수

랜턴을 켜고
콕 틀어박히기가 취미

선반을 만들고 싶다

물건이 많아지면 수납 용도로
사용하는 날이 올⋯지 모르겠다

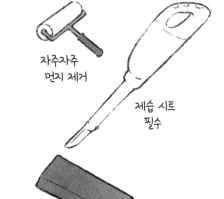

계절이 지난
옷 등은 캐리어나
종이 박스에

이 집의 주인
가에 님.
추리소설을 좋아하고,
가볍게 혼술을 즐깁니다.
집에 오면 바로 고타쓰로 스르르 직행.

멀리 가까이

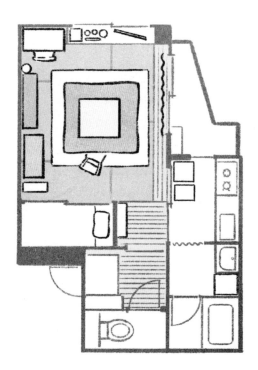

가에 님 집

3번째   나나코 님 집

조금 전까지
맑았는데

바람이
세졌네

마침 오는 길에 사온 새 제품

좋은 향초가 있으면 더 좋아

스 위 치 를  켜 듯

영화처럼 꿈같은

좋아하는 영화 속으로 들어간 듯 살짝 비일상적인 느낌으로 꾸미고 싶었다.

방 안 가득 꽃으로 장식하고 싶지만, 그보다는 간편한 드라이플라워와

꽃무늬 소품을 활용

성냥 향기도 좋아하는 편.
카페에서 받은 성냥

방 한쪽에
벽난로풍의 선반.
장식장으로 활용

안녕

이웃의 이름은
아직 모른다

이 집의 주인 나나코 님.
섬세하고 예쁜 스타일을 좋아한답니다.
비 오는 날 보는 영화는 마녀가 등장하는
추억의 동화를 재현한 작품입니다.

호러나 액션
뭐든 가리지 않는 취향.

집에서는 마법사 같은 느낌도 나고,
외화의 주인공이 된 듯한 기분에 로브를 즐겨 입어요.

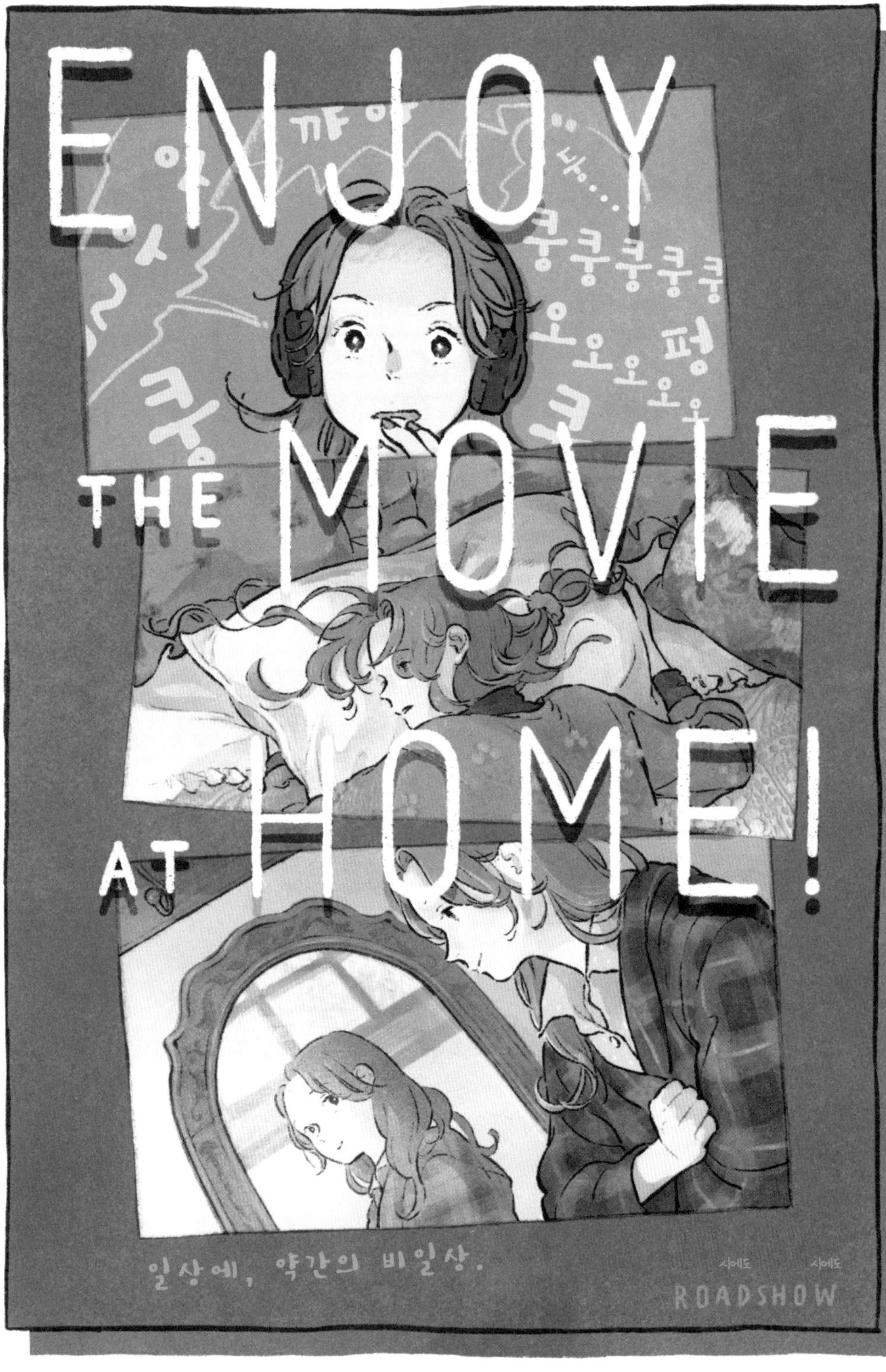
ENJOY
THE MOVIE
AT HOME!
쿵쿵쿵쿵쿵
펑
일상에, 약간의 비일상.
시에도
시에도
ROADSHOW

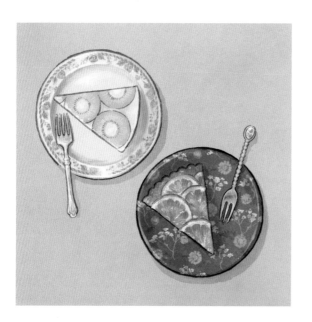

반짝반짝
프루츠 케이크가 좋아.

식기도 꽃무늬가 많아요.
아침부터 감상하는 날엔
단골 베이커리의
스콘과 잼을
준비한답니다.

영화 볼 때 뭐 먹어?

영화의 간식

MOVIE SNACKS

간식 전당 입성 팝콘

PIZZA MUGI-CHOCO CAKE POTATO CHIPS FRENCH FRIES DOUGHNUT CHOCOLATE ICE·CREAM
COLA GINGER·ALE CAFE AU·LAIT TEA WINE etc.....

시판 피자에 토핑을 추가하는 것이 좋다. 토마토, 치즈 듬뿍. 와인이 끌리는 날이 있는가 하면 따뜻한 차가 좋은 날도 있다. 먹는 것에 집중해서 다시 돌려 보기도 하고, 때론 영화에 집중해서 음식이 차갑게 식기도 한다. 박력 만점의 주인공 영화엔 팝콘. 세련된 영화는 아기자기한 케이크. 이렇게 굴리하는 시간까지 행복.   오늘은 뭘 볼까? 뭘 먹을까?

간식

언니가
오는 날

지하철을 한 번
같아타야 하고
30분 거리에 사는

맑아서
다행이야

봄이 되면
초대하기로
약속했다

부절

접시와 수저도
미리 내놓을까

안절

데워서
내기만 하면
오케이···

샐러드와
음료는 차게
해두었고

밝이
따뜻해
겉옷이
없어도
되겠어

완전
봄이야

안녕~

어서 와!

이거는
오는 길에
마트에서
산 거야

고마워~
언니가 만든
밥은
오랜만이다

우아~
맛있는
냄새!

이거,
전에
말한 거

먼저
바깥 풍경
좀
볼게

오
—
!

활짝
폈다
!!

그럼
그럼

봄나들이 메뉴

주먹밥 2종
닭튀김
참치

물을 뺀 두부와 토마토
등에 참기름과
레몬 소스로
맛을 낸 샐러드

마트에서 산
고기 크로켓
경단 꼬치

명란
계란말이

감자샐러드
햇감자와 햇양파 슬라이스 듬뿍
완두콩과 가다랑어포도 추가

튀김옷 입힌 감자 크로켓

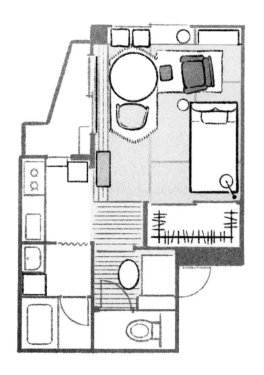

나나코 님 집

4번째   미도리 님 집

전자레인지에 데운다

우유를 평소의 70% 정도만 따라서

+0.5

가루 2큰술 (권장량)

섞는다

우유

COCOA

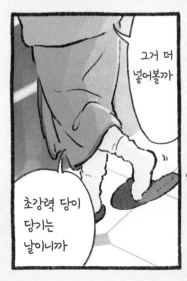

그거 더 넣어볼까

초강력 당이 당기는 날이니까

아!

으음 맛있어

안아도 좋아

가루가 다 녹어

아래로 안으로 깊어지는 작업실

책상 주변을 빙 둘러 책장이 늘었다.
라디오와 더불어 음악을 들으며
하루 대부분을 이곳에서 생활

휘핑크림
아이스크림이나 푸딩 등

마음 내키면 + 생크림
짤주머니로 예쁜 모양이 만들어지면
기분이 좋다

크크 맞아~

오~

라디오에
혼잣말

일하는 동안은 안경

바쁜 것에 비례해 높아지는 책과 자료

이 집의 주인
미도리 님.

작가라
집에 있는 시간이 많답니다.
서재는 공개하지 않는 공간이라
바쁠 때는 뒤죽박죽 어지르기도 해요.
단것을 아주 좋아하지요.

수고한 나를 위한 스페셜
선데이 아이스크림이랍니다

가볍게 저녁을 먹고 바로 잠자리에 들었다.
모처럼 알람을 하지 않고 잤다.
10시간 가까이 푹 잔 것 같다

소파로 이동해 두 번째 취침

어제 설거지 해둘걸

아침 겸 점심

냉장고 정리 차원에서 야채가 듬뿍 들어간 돼지고기된장국

가스 불에 데워도 되지만 난로 위에 올려놓는 편. 내내 따뜻하다

서재의 묵은 공기를 바꿔준다

쌓여 있는 책을 제자리에. 무심코 펼쳐 보다 손이 멈춘다. 같은 책이 두 권···

이층의 침대 주변까지 빼곡. 이름순으로 정리할까

끝없이 늘어나는 책, 책, 책. 아직은 자리가 있을 거야

목적지는
걸으면서 생각해야지

오늘은 러키~
먼 산이 보이네

저녁은 남은 돼지고기된장국을
카레로 만들어
레스토랑 느낌으로 담아보았다

한 그릇 더

오랜만에
꽃을 샀다

여유로운 꽃꽂이 시간
행복해

어디에   꽂을까

밝은 시간에 여유 있게 목욕

아껴서 하루 한 개

선물 받은 초콜릿

쪼르륵

식후 커피 오랜만에 콩을 갈아서

오늘은 특별히 두 개

근육통 예감

안에 들어 있는 리플릿도 좋아한다

초콜릿에는 블랙커피로

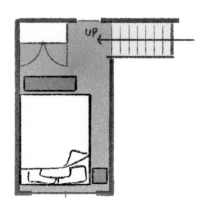

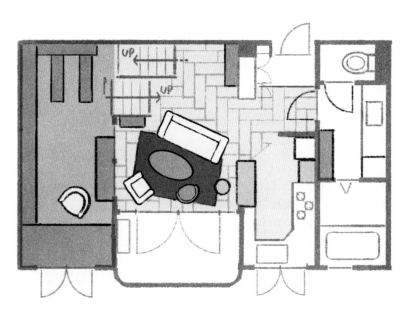

미도리 님 집

5번째   아키라 님 집

두근두근 혼자 살기

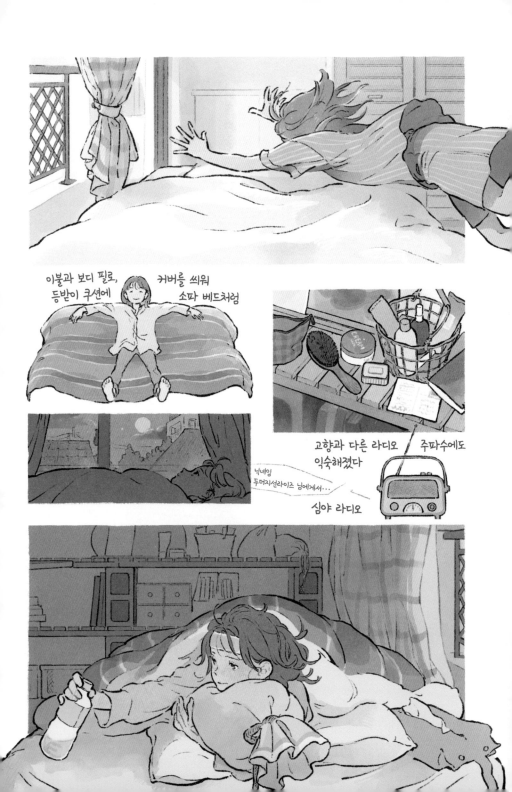

이불과 보디 필로, 등받이 쿠션에

커버를 씌워 소파 베드처럼

고향과 다른 라디오 주파수에도 익숙해졌다

닉네임 두더지선라이즈 님에게서...

심야 라디오

예전에
포인트를 모았던

단골 빵 가게를
집 근처에서 발견!

욕실과
화장실이
붙어 있는
유닛 구조

이 닦기와 세수를
주방에서 하기도

분해와 이동이 편한
블록과 발판(나무)으로
연출한 선반

디스플레이 공간을
만들고 싶었다

고향 빵집의 상품.
본가에 두고 올 생각이었는데
엄마가 이삿짐에 넣은 모양이다.
이것만 내내 사용 중

원래는
두 개가
세트

스툴과
레이블은
리사이클링
숍에서

좁은 공간에 유용한
콤팩트 가구

언젠가 등받이
있는 의자도···

아키자키 원룸 생활

페인트를 새로 칠해도 좋을 듯

이 집의 주인
아키라 님.
처음으로 두근두근 자취 생활을 시작.
커다란 책장, 예쁜 접시, 소파….
꿈은 많지만 앞으로 조금씩.

우아—

벼룩시장에
가보았다

오~

고양이!!

컵과 받침 세트 좋은데!! 고양이 좋아!

귀여운데 으—음— 좋아!!

살짝 비싼데 접시랑 새 머그잔을 따로 사면… 전부 보고 결정할까?

컵 받침은 따로 사용해도 좋을까?

집에서 카페 놀이 하고 싶다…

냥이…

이거 주세요

본가의 네로랑 닮았네

먹을 것밖에
산 게 없네

뭐,
그래도
좋아···

안녕
하세요

냠

냠

행운의
고양이···가
아니고
곰?

저
···
이걸로
주세요

그렇군요 ...

정말 귀엽죠?

오른손은 금전 운 왼손은 좋은 인연을 불러줘요

별로 사지는 않았 지만 ...

재 밌 었 어

이렇게 많이 걸은 게 얼마 만인지

한 바퀴 전체 다 돌아보았네

어느새 해가 빨리 진다~

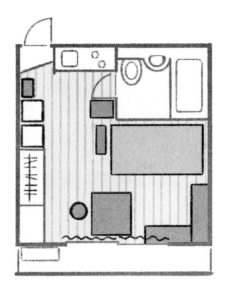

아키라 님 집

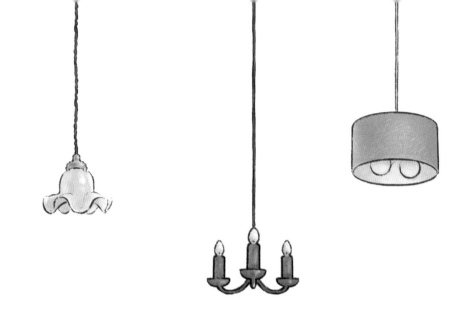

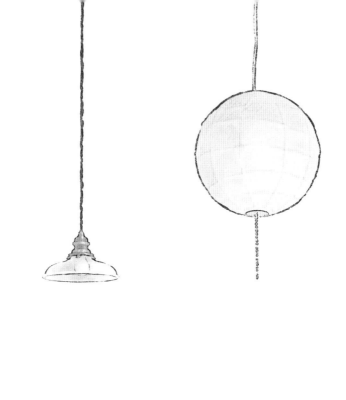

굿모닝!
하늘이 푸르고 맑아서 기분까지 활짝.
모처럼 브런치 먹으러 나가볼까.
청소하고 시트를 갈아야지.
영화 보고 산책도 하고.

그 전에 물을 끓여서
우선 향기로운 커피부터 한 잔.

오늘도 행복한 하루가 되길.

봄　시즌 한정 케이크　정하기 힘들 땐 둘 다

여름　일기예보를 깜빡했다!

가을 　 심야의 방 정리

겨울 　 오랜만 　 맛난 음식 만들어 맘껏 수다 떨기

몸에 감기는 포근한 이불
오랜 시간 함께한 정겨운 애착 물건
푹신해서 기분 좋은 소파
행복하게 해주는 디저트와 커피
매일 먹어도 좋은 따스한 밥
정리할 물건이 모여 있는 옷장
몇 번이나 읽은 손때 묻은 책

좋은 꿈을 꾼 아침
눈빛 초롱한 밤
맑은 날도
비 오는 날도
언제나…

굿나이트
내일 또 봐요.

마치며

어릴 적 부동산 전단에 있는 설계 도면에 가구를 그리며 놀았습니다.
집을 방문하거나 리모델링하는 TV 프로그램도 좋아했습니다.
공상 속 설계도에 가구를 배치하고 그곳에 사는 사람을 상상했습니다.
나이가 들어서 지금도 이런 그림을 그리니 즐겨 하던 놀이의 연장처럼
느껴집니다.
오랫동안 방 꾸미는 그림에 푹 빠져 있다가, 만화로 표현하는 세계에 눈을
뜨면서 관심사가 '그곳에 사는 사람과 시간'으로까지 넓어졌습니다.
우리의 일상생활은 그리 극적이지 않지만, 소소한 발견과 재미가 곳곳에
숨어 있어서 반짝반짝 빛이 납니다.

이 책은 2020년에 발행된 같은 제목의 동인지를 바탕으로 만들었습니다.
주인공 사사 님의 생활을 시작으로 다섯 곳의 집을 상상하면서 구체화하는
작업은 꽤 힘들었지만 동시에 대단히 즐거웠습니다.
이번에 그린 다섯 명의 주인공은 집을 좋아하고, 그곳에서 흐르는 시간을
즐기며, 그곳에서 생활하는 자신도 사랑하는 인물들입니다.

책을 만드는 데 많은 도움을 주신 분들께 대단히 감사하다는
인사를 드립니다.
그리고 책을 봐주시는 여러분에게도 고마운 마음을 전합니다.
이 책이 여러분 생활의 일부가 되어 밝은 에너지를 나눌 수 있다면
큰 기쁨이 될 듯합니다.

이다 치아키

옮긴이 송수영

대학과 대학원에서 일본 문학을 공부했다. 《Friday》, 《The Traveller》, 《여행스케치》 등의 편집장을 거쳐
현재는 출판 업무와 전문 번역에 종사한다. 저서로 《어떻게든 될 거야, 오키나와에서는》이 있으며
《혼자서도 행복할 결심》, 《집이 깨끗해졌어요!(내 인생의 반전 정리 수납 성공기)》, 《여행의 공간 1》,
《고운초 이야기》, 《온다 리쿠의 메갈로마니아》, 《나를 닮은 사람》,
《의사가 알려주는 내 몸을 살리는 식사 죽이는 식사》 등 다수의 번역서가 있다.

집이 좋은 사람

초판 1쇄 발행 2024년 1월 20일

지은이   이다 치아키
옮긴이   송수영
펴낸이   명혜정
펴낸곳   도서출판 이아소
교 열   정수완
디자인   ALL contentsgroup

등록번호 제311-2004-00014호
등록일자 2004년 4월 22일
주   소 04002 서울시 마포구 월드컵북로5나길 18 1012호
전   화 (02)337-0446 | 팩스 (02)337-0402

책값은 뒤표지에 있습니다.
ISBN 979-11-87113-67-6(03830)

도서출판 이아소는 독자 여러분의 의견을 소중하게 생각합니다.
E-mail : iasobook@gmail.com